KB269863

제2시집

낚詩(2)

도서출판 지식나무

서문

　어느 날 문득 동생으로부터 전화가 왔습니다. 무슨 일이냐고 물었더니, 직장과 집을 왔다갔다 다니며 일상적 생활 속에서 틈틈이 감흥적 글귀들을 모아 책을 펴낸다는 이야기를 들었습니다. 우리가 살아가면서 소중하게 여길 수 있는 마음속 깊은 곳에 우러나는 감성을 글로 표현하는 일은 정말 소중하고 값진 일입니다.

　현대 사회에서는 먹고사는 문제로 바쁘게 움직이는 생활 속에서 여유로움을 찾기 힘들고, 점점 더 척박해지고 있습니다. 그러나 아우는 이러한 상황 속에서도 자신의 마음이 끌려가는 대로 하나하나 정리하는 여유를 가지고 있습니다. 이는 단순히 여유로움이 있는 것이 아니라, 자신의 이성적이고 감미로운 예술적 끼의 정신을 확고하게 정리하고자 하는 노력이 아니었나 싶습니다.

　세상을 살아가는 동안, 우리는 종종 물질적인 가치에 집착하게 되지만, 아우는 이상의 세계, 정신의 세계를 정리해보는 것이 가장 귀중한 인생이라고 생각한다는 것을 알 수 있습니다. 이러한 노력은 세상 속에서 가장 귀중한 자신의 인생을 살아가는 방법이라는 생각이 듭니다.

　일상에 엮이어 엄두를 못 내는 상황 속에서도 이렇게 인생의 가치를 추구하고 살아가는 마음이 정말 감동적이라는 생각이 듭니다.
　아우의 시집에 서문으로 사용될 이 글이 노력과 가치를 잘 전달할 수 있기를 바랍니다.

도시나무 화가_**김종수**

시의 첫 부분에서 "낡 詩를 한다"는 선언은 시인이 시를 쓰는 행위를 낚시에 비유하고 있습니다.

이는 시를 창작하는 과정이 마치 낚시를 하는 것처럼, 끊임없이 좋은 시어를 찾아내고 그것을 다시 놓아주는 반복적인 행위임을 나타냅니다.

"온종일 낚은뒤 다시 다 놓아준다"는 구절은 시인이 여러 시어를 수집하고, 그 중에서 마음에 드는 것들을 선택하지만,결국에는 그것들을 다시 놓아주는 과정을 통해 시의 완성도를 높이려는 의도를 보여줍니다.

이는 시어를 단순히 모으는 것이 아니라, 그 의미와 가치를 깊이 있게 고민하는 과정을 의미합니다.

"온종일 낚은 중에 좋은 詩語들은 마음에 담았다가 다시 놓아준다"는 반복적인 표현은 시어를 수집하는 과정의 중요성을 강조합니다.

마음에 담았다가 놓아주는 행위는 시인이 자신의 감정과 생각을 정리하고, 그것을 다시 돌아보는 과정을 나타냅니다.

마지막 구절인 "결국엔 나에게 다시 낚기어 한 편의 좋은 詩가 되었다"는 시인이 이러한 과정을 통해 결국에는 자신만의 좋은 시를 만들어낸다는 것을 의미합니다.

이는 시의 창작이 단순한 작업이 아니라, 깊은 사유와 감정의 결과물임을 강조합니다.

전체적으로 "낚 詩"는 시인의 창작 과정을 섬세하게 묘사하며, 시어를 다루는 태도와 그로 인해 얻어지는 결과에 대한 성찰을 담고 있습니다.

시인은 낚시를 통해 시를 창작하는 과정을 통해 독자에게 시의 본질과 그 아름다움을 전달하고 있습니다.

목차

결딴난 선풍기

결딴난 날개 하나 때문에
부자연스럽지만
사무실 구석에서 땀 흘리며 도는 선풍기

쉼 없는 활동량으로
지칠 법도 한데
매사에 꾀부림은 일도 없다

주인 양반도 알아주는 자린고비
완전 망가질 때까지만,
고쳐 쓸 생각일랑 일도 없다

삐거덕삐거덕 부르짖으며
보란 듯, 빌빌 돌아가는 소리

짜증 내는 주인 양반 그제야
냉큼 선을 빼버린 선풍기..

만취한 행보(滿醉한 行步)

안개 자욱한 밤,
희한한 꿈을 꾸었다
꿈속 길은 한없이 긴 느낌이었어

어디가 어딘지
분간하지 못하는 길
가도 가도
끝 없는 꿈속의 길

까마득한 먼발치에
아스라이한 불빛, 혼미한 기억

안개 자욱한 밤,
촉촉한 아스팔트 길에서
滿醉한 行步를 한다.

낚 詩/1

낚 詩를 한다

온종일 낚은 뒤 다시
다 놓아준다

온종일 낚은 중에
씨알 좋은
[詩語]시어는
마음에 담았다가 다시 다 놓아준다

온종일 낚았다가
놓아준 詩語,

마음에 담았다가
놓아준 詩語,

결국 다시 다 낚긴 詩語는
한편의 좋은 詩가 되었다.

오 남매의 맏잡이

다섯 칸의 열차가 (依倚)의의 좋게
서로 아끼며
함께 달려왔습니다

맨 앞칸 기관차가 큰소리로
닦달한 덕분에
여태껏 이탈 없이 잘 따랐습니다
덧없는 세월이 흘렀습니다

어느 날 맨 앞칸 기관차는
아무런 낌새도 없다가
갑자기 삐거덕삐거덕 소리가 납니다

맨 앞칸 기관차 뒤로 줄줄이
매달려 오가는
둘째 칸부터 다섯째 칸까지
몹시 불안해했습니다

어쩔 수가 없었습니다

겨울이 가고 봄이 왔습니다

맨 앞칸 기관차는 말합니다

이제 더는 앞에서 이끌어줄
힘이 없다는 겁니다
내 칸은 서로 부둥켜안고 목놓아 울었습니다

다음 날 아침부터 웅성웅성하더니
맨 앞칸 기관차는
뒤의 네 칸과 분리되어
해체작업에 들어갑니다

그동안 고생했어요, 큰누나
부디 좋은 곳에 가셔요
오남매의 맏잡이 큰누나가
영원히 우리 곁을 떠납니다. 영원히..

장미꽃 한 송이

는개 비 나리는 오월 어느 날
길가 담벼락에 풍성한 덩굴장미
겨우 한 송이 꽃 피었다가 고새 고개를 떨구네,

는개 비에 눈시울 촉촉해지고
감은 눈에 눈물 고이려 하네
두 번째 핀 꽃 송이도 그렇고..

다만 세 번째 꽃송이는 무언가 좀
색다른 것 같기도 한데
어떻게 표현을 해야할 지 기막혀..

까질 대로 발랑 까진 계집애처럼,
말괄량이처럼, 선머스마처럼,
뻔뻔하기가 이루 말할 수 없네,

셋째는 보지도 않고 데려간다는 설이 있듯이
뭇사내를 홀딱 반하게 하듯이
정열적인 모습이 참 가관이구나..

오빠들이 로망하는 스타일
고혹한 자태의 장미꽃 한 송이..

詩評:

막보님, '장미꽃 한 송이'라는 제목의 시 잘 읽어 보았습
니다. 시인님의 작품이시군요.

오월의 는개 비 속에서 피어난 장미의 모습을 섬세하게
묘사하신 것이 인상 깊습니다. 특히 첫째, 둘째 송이와는
다른 셋째 송이를 표현하시면서 '기막혀'라는 감정을 그
대로 드러내신 부분이 생생하게 와닿습니다.

"까질 대로 발랑 까진 계집애처럼", "말괄량이처럼", "섬
머스마처럼", "뻔뻔하기가 이루 말할 수 없네"와 같이 파
격적이면서도 강렬한 비유들이 셋째 장미의 독특한 개성
을 아주 잘 보여주고 있다고 생각합니다. 또한 "뭇사내를
홀딱 반하게 하는 정열적인 모습", "오빠들이 로망하는
스타일 고혹한 자태"라는 표현에서 느껴지는 매혹적인 분
위기도 생생하게 그려집니다.

어떻게 표현해야 할지 '기막히다'고 하셨지만, 막보님께

서 이미 사용하신 비유와 표현들 자체가 셋째 장미의 예
측할 수 없고 당돌하며 매력적인 모습을 아주 효과적으
로 담아내고 있는 것 같습니다. 그 '기막힌' 느낌이 바로
이러한 표현들로 인해 독자에게 전달되는 것 같습니다.

막보님의 시를 통해 비 오는 날 피어난 장미의 다양한
얼굴을 마주할 수 있었습니다. 늘 좋은 시 써주셔서 감
사합니다

離別

이별은 잠시만 멀어져도 이별
이별 아닌 진짜 이별은
이별을 하기로 마음 먹어야 하는 이별

도시나무, 꽃

마천루서 내려다보면
언제부턴가
도시나무에 꽃이 피어 쑥버무리 되고
가로수 길을 뒤덮고 있네

저 꽃을 볼라치면 새록새록
예전의 기억이 떠오른다

어머니가 뜰에서 캐온, 쑥
쌀가루에 얼버무려 맛있게 쪄주신 게 생각난다

주전부리가 흔치 않던 시절
쑥버무리 맛은 천하일품인데

오빠 누나 형 동생 나는
더 먹을라 쌈박질도 많이 했었지

도시나무의 가로수 길이
쑥버무리로 보이는 이팝나무 꽃,

저 꽃을 볼라치면 뱃속은
꼬르륵꼬르륵 요동을 치네..

벚꽃 같은 인생 나이

너른 도시에서 활개하는
각양각색의 수많은 사람

서로 통성명 할 적에 나이를
스스럼없이 한두 살 얹어
게 눈 감추듯 갖다 붙인다

서로 민증까기 해볼까?
알고도 모른 척 살다 보면
검증 날 또 다 온다, ″예, 환갑, 칠순 팔순

덧없는 세월 따지고 보면
인생의 벗은 벚꽃 같은 사이려니..

아내의 쑥버무리

수십 년 세월이 흘러가도
초원에서 나는 들풀은
태초부터 한결같은 모양새네

요즘은 돌아가신 엄마도 부쩍 그립고
예전에 엄마가 해주셨던
쑥버무리가 무척 먹고 싶네

주말 오후 집 근처 뜨락에
지천에 널려 있는 쑥 풀을
한움큼 뜯어 와서는
쑥버무리를 해달라고 아내에게 졸랐지

어디서 배웠는지는 모르나
정성껏 만든 쑥버무리
뜨끈뜨끈 모락모락
김 오른 모양새가 나름 그럴 듯하네

한 입 베어 물고 오물거림
엄마가 예전에 해주시던 그 맛,

고와락(苦樂)

사회에서 중심을 잃어가는 노년 훌훌
다 털고 나니 이제 남은 건 손수레 한 대
당장 집에 우두커니 있으면 뭐하노,
아직 (四肢)사지도 멀쩡한데,
저 할아버진 벌써부터 패지 수집을 하신 것 같아 보인다

줍자 주워서 아이들에게 손 안내밀고
손주 놈들 용돈도 줘야 하잖어!..
자신은 늘 허한 기력에 남는 건 허전함이다

그래도 마음만은 크나큰 행복으로 보인다
이놈들은(폐지) 전부 다 나의 자식이니까!..

지금 할아버지 모습을 우두커니 바라보며
직감으로 글을 쓰는 것이다,
나는 진짠대 독자들이 아니라면 말고..

할아버지는 폐지를 손수레에 잔뜩 실어 놓고
길가에 쪼그려 앉아 틈날 때마다 주워 모은
구깃구깃한 꽁초를 한 모금 빨고 또 빨고 휴..

폐지 같은 일상의 삶, 인생 (苦樂)고락이 밴 모습,
계속 보고 있자니 찡한 마음이 들고
심성이 착한 이 사람 이내 눈물이 나더라..

이 사람 역시 슬픈 사연이 너무나 많은 자라서
어디를 가도 이런 모습 보면 마음이 무너져
그냥 지나치질 못하는 빙신인 터라

큰마음으로 지갑에서 오만 원을 꺼내
할아버지를 돕고, 내 나약함을 바로잡기 해본다.

詩作노트:

폐지 수집 할아버지가 길가에 쪼그려 앉는다
주워 모은 꽁초를 주머니에서 주섬주섬 꺼낸다
한 모금 빨아 피우는 모습, 나 자신 서글픔이 앞선다
보고 느낀 감정을 끄적거리다.

개 새끼

울타리 안에 풀어놓고 기르는
우리 집 똥개가 어느 날
봉당마루 밑에
새끼를 일곱 마리나 낳았다

그러나 우리 집 똥개는
제 새끼를 낳고도 나 몰라라 한다

며칠 전 옆집 아줌마가
똥개 새끼를 보며, 어머나
새끼들인가 봐요
참 많이도 낳았네, 너무 귀엽네요

쳇, 귀엽긴 개뿔이나
응,~제 새끼 젖도 안주는 새끼
싸지르지나 말지,
인정머리라곤
눈곱만큼도 없는 새끼

애먼 우리만 더 힘들어요,

구시렁구시렁 개새끼..

아!~ 어미가 새끼들을 나 몰라라 해요?
그래도 정말 귀엽기는 하네요~ 그쵸,

아~ 그려요,
우리 집 똥개 새낀께 안 그려 욧

예들 어미 이름은 똥개인데요
암컷, 수컷 안 가리고
무조건 개새끼라 불러욧..

방귀 사건

시아방 방귀 트는 소리
구들장 날아가네..
시어망 방귀 틀 때 치마폭 뜯어지는 소리

부엌에서 밥 짓는 어망
바짓가랑 사이로
부글부글 밥 끓는 소리

냄새 나고 소리가 나도
방귀는 절대 안 보이네

뭐 어쩌란 말인가,
안 봐도 다 아는 사실을..

봄날은 간다

지지고 볶고 아우성치던 봄
꾸역꾸역 꽃은 피었네,
太初부터 사람과 꽃은
사랑했지만
[同牀異夢]동상이몽이었이니

[攝理]섭리의 원칙을 따라야만 하는 자연
사람 따로 꽃 따로 봄날은 간다.

미처몰랐네

가까운 집 주변에 자연 휴양림이 있어 주말을 이용해
피톤치드 공기를 마시며 즐거운 힐링을 한다

항상 가족이 함께 가는데 집에서 키우며 생활하는 예쁜
냥이도 가끔 데리고 간다

휴양림 넓은 숲에 내려놓으면 좋아 어쩔 줄 몰라한다

우리 가족은 이렇게 가끔 즐거운 생활을 하는데

얼마 전에 냥이가 감쪽같이 없어져 버렸다

며칠을 찾아다녔지만 허사였고 스스로 돌아오기를 기다
려보다가 포기하다시피 하며 마음을 달래려고
이것저것을 챙겨 그 휴양림에 피톤치드를 하러 갔다

두어 시간이 지나 혹시 나 싶어 잠깐 숲속을 살피는데
휴양림의 낮은 골짜기에서 귀에 익은 냥이의 신음소리가
들린다

등골은 오싹했지만 살금살금 가보니 아니나 다를까
영락없는 냥이였고 웬 낯선 들냥이와 색스를 하고
있었다

기절할 뻔하다가 곰곰히 생각해 보니 가끔 휴양림에 같
이 갈 때부터 둘은 눈이 맞아있었고 급기야 냥이는
가출을 한 거였다

이 일을 어떡하나 둘은 서로 사랑을 하는데 예쁜 냥이가
우리 허락도 없이 안하던 가출을 다하고 외간 들냥이와
사랑을 하며 그 짓을 하다니,
정말, 미처 몰랐네..

곰곰이 생각을 해보니 우리의 책임도 없지 않아 있는 것
같기도 하다

그간 함께 생활을 하며 짝을 안 맞춰 줬으니 오죽했으면
가출을 하지 않았을까 하는 생각에 마음 아프지만 그냥
모른체하기로 했다

그리고 언제든 집 생각나면 다시 돌아오면 아무 일이 없
었던 일인 양 흔쾌히 받아주기로 다짐을 한다.

모둠 詩

번개 모임에 모처럼 나와
작은 웃음 호호호
큰 웃음 하하하
우리 모두 파안대소합니다

위트하고 유머 있는
정담을 섞어가며
살갑게 얘기를 나눕니다

눈초리 있는 어떤 이는
詩 읊조리듯 말을 합니다

호호 하하 웃음 넘치는
이런저런 이야기들
전부 귀담아놓은 뒤
엄청 재미나게 쓴 모둠 詩

낚 詩/2

은빛 물결, 잔잔한 푸른 호수에
호릿대를 쭉 펴 던져놓고
수재 떡밥 한 움큼을 흩뿌려놓으니

낚싯바늘만 한 작은 피라미 새끼만
호수 가장자리 모여들어 바글거린다

한 치 앞 물풀 사이 산란 물고기
느낌이 이상했는지 화들짝 놀래
깊은 물 속 삼십육계 잠행을 한다

높고 높은 푸른 하늘은 맑은 호수에 비치고
호수에 비친 한 점 뭉게구름 따위는
둥실 두둥실 잘도 떠돈다

호숫가 깊은 곳은 가마우지가 물고기를 쫓는 듯
쏜살같이 물 위를 들락거리네
거참, 저놈들이 물속을 다 흐려놓는다.
간만에 하는 낚 詩도 못하게시리..

낚 詩/3

초릿대를 공중으로 휙 뿌리면
릴에서 풀려나간 낚싯줄
연줄처럼 휘리릭
호숫가 어딘가에 뚝 떨어진다

어둑어둑해진 낚시터
고요한 정막이 흐른다

낮과 밤이 확연히 다른 낚 詩
램프 빛에 야광찌가 물결에 흔들거린다

유난히 밝은 오월의 밤하늘
물고기는 오늘 밤 어디로 다 숨었나!

이래저래 집중이 안 되는 밤,
술이나 한잔 마셔야겠다
술잔에 물고기가 아른거린다. 詩처럼..

낚 詩/4

바다와 같은 넓은 호숫가는
예쁘고 아름다운 처자들이
봄바람에 살랑살랑 꼬리치며 나타나 혼을 뺀다

낚시를 하다 보면 정말로
씨알 좋은 물고기만 낚이나!

달콤한 미끼를 냅다 던진 후
은근슬쩍 시선을 끌어본다

추태인지 추파인지
본심에 의도는 아니었지마는,
우연이라기보다는,
꼬드김에 낚긴 처자는
행운의 주인공이 될 여지가 불분명하다

하지만 한적한 호숫가에서
장난이 아닌 진짜 거짓말같이 낚긴 처자
낚 詩가 잘되어 詩 한 편 또 썼다.

구멍이 나겠거니

하늘 사방에 구멍이 난 듯
측은한 봄비가 종일 추적추적 내린다

비 오는 날 만 꺼내어
쓰고 다니던 우산
꼭지의 구멍을 타고 흐른 빗물
옷소매가 다 젖었다

내딛는 걸음마다 찍찍찍
물에 빠진 골방 쥐 소리
신발에 구멍이 나 있었던가..

경애하는 하,우,신, 너희의
구멍을 모처럼 자세히 본 날..

하늘이 볕, 들기 전 땅에도
또 단박에 구멍이 나겠거니..

한강 자전거 타기/1

자전거 페달을 밟으며 한강 상류
춘천 가도를 달린다

예전의 춘천 가도는 알아주던 곳인데..
유명한 데이트 코스였는데, 지금은
좁은 도로에 줄지어 선 무질서한 차들 때문에
눈살을 찌푸린다

나 또한 주말마다, 사랑의 연애 시를 쓰기 위해
발이 닳도록 다니던 곳이기에
페달을 밟으면서도 주의 깊게 바라보며
지나간 그 시절을 상기해 본다

아, 저기가 거기 같고 여기가 저기 같은 자리
자기하고 나하고 데이트 하던 자리
누가 볼까 숨어서 뽀뽀 하던 자리
저기 저 자리는 나의 단골 자리였는데,

지금은 우거진 나무도 없고 굳이 말하자면
차 안에서만 애정행각 하는 자리

기억을 잠시 더듬어 보며 다시
종착점을 향해 열심히 페달을 밟는다.

오월은 참 푸르구나 랄랄라..

한강 자전거 타기/2

푸른 신록이 더해 가는 화창한 오월, 연휴가 낀 첫 주말
안양천을 출발해 한강 갑문까지 갔다가 내친 김에 ..

아라뱃길을 거쳐 정서진까지 All kill 하면서 빡세게 탄
자전거 하이킹의 즐거움을 맛본 하루였다

중랑천과 한강 합수 지점 그늘에서 잠시 쉼을 하며 주변
의 멋있는 풍경을 바라본다

늦은 봄 어디를 가든 한결같은 눈길은 나들이하는 사람
들을 보는 것이고 말 그대로 인산인해인데..

한강의 자전거 마니아들 또한 많아 볼만한 구경거리다
높은 마천루에서 내려다보면 마치 개미들의 천국 같다

슈트& 기능 팬츠로 쫙 달라붙게 몸매를 잘 치장한 차림새,
머리 보호헬멧과 스포츠 고글 등,
멋있음이 뿜뿜뿜..

눈만 돌리면 쭉쭉빵빵, 늘씬늘씬한 젊은 여성들

작달막한 키에 배가 불뚝 한 중년의 배불뚝이 아저씨까지..

한강 건너편에는 하늘공원이 보인다, 강 건너를 보니
계절 꽃은 보이지 않지만 대신 하늘은 푸르다
자전거 길옆 벤치에 앉아 흐르는 강물을 내려다본다

잔물결이 넘실대는 한강에는 까만 가마우지가
떼거리로 모여서 잠수를 하는데
물속을 들락날락거리며 물고기를 잡느라 정신이 없었다

한강 둔치 언저리서 낚시하던 어떤 아저씨는
물고기 잡는 가마우지에 매료되어 넋이 나간 듯 잘
하던 낚시는 내팽개치고 휴대전화기에 가마우지를 담기
바쁘다

나 또한 얼떨결에 시간이 많이 지체된 쉼, 또다시
이마에 땀이 마를새없이 죽기살기로 패달만 밟았다.

어버이날에

나으실 제 괴로움 다 잊으시고
기르실 제 밤낮으로 애쓰는 마음
진자리 마른자리 갈아 뉘시며
손발이 다 닳도록 고생만 하시네
하늘 아래 그 무엇이 넓다 하리오
어머님의 희생은 가없어라..

양주동 씨 이흥렬 작곡의 '어머니 마음,
우리가 즐겨 부르던 노래입니다

5월 8일은 어버이날입니다
이날은 본디 어머니날에서
아버지도 포함된 어버이날로
바뀐 것은 참 잘된 일이죠..

세월이 지날수록 불쌍한 아버지들이
자꾸만 늘어나기 때문인데

그럼 어머니는 덜 불쌍해졌느냐고
반문하는 분이 계실지 모르지만,

아닙니다

세상이 많이 달라졌어도
어머니 사랑을 어떻게
아버지와 비교할 수 있겠습니까!
아버지는 높은 하늘이고 어머니는 사랑입니다

나무가 가만히 있고자 하나
바람이 끊이지 않고

자식이 공양하고자 하나
부모가 기다리지 않는다

어버이날이 다가오면 저도 누구들처럼
부모님 생각이 많이 난답니다

생전에 효도를 많이 못해 드린 게
그저 죄송해 가슴에 사무칩니다.

한때는

불기 2567년의 부처님 오신 날
서기 2025년 5월 5일은
제정 100주년이 된
어린이날이라는 것도 잘 안다

한때는 부처님 오신 날
봉축 식 할 때나
어린이날 기념식에도
초대를 곧잘 받았고 기부도 많이 했었다
오월은, 가정의 달이자 효의 달이다

덧없는 세월이 흘렀나 보다
눈에 백태가 끼어 뵈는 게 없다
손에 쥐어진 것도 없다
입 닫으니 말수가 줄어 군내가 난다
발에 밟히는 한때의 일들
늙으막이 허허, 허하기만 하다.

명 자야..

명 자는 아침밥도 안 먹고
책가방만 달랑 들고는
늦었다며 냅다 문을 차고 나간다

밥상 차리던 어마이는
빤히 처다보면서
누가 그케 인 나래 이 계집아 야!

명 자야, 밴또 가지고 가거레이..
저 계집아 명 자야 명 자야..

대문 밖 담벼락에 나즈막한 명자나무
올해는 꽃이 늦게 피었다.

명 자야/2

어머, 오빠야 보고 싶었다
잘 있었니 명 자야..

명자꽃 한창 필 무렵
군대에 간 작은 오빠가
검게 그을려 늠름 해진 얼굴로 휴가를 나왔다

부대 복귀하는 날, 오빠는..
명 자야?
오빠 제대하면 니 먼저
후딱 시집 가레이
니 올케랑 제발 싸우지 좀 말고..

올해는 빨갛게 활짝 핀
명자꽃이 진짜 만발입니다.

봄날은 간다/2

연분홍 치마처럼 진달래가

바람에 휘날리더라

바람 불면 꽃가지도 흔들리는데

피고 지고 하던 꽃은 더는 피지를 않네

눈에 뵈는 꽃이라곤 하나 없는데

오가는 사람도 눈에 띄는 이 없고

이래저래 봄날은 정말로 간다.

봄날은 간다/3

봄인가, 봄이었나?
봄이련다, 봄이었다!

꽃잎, 피날레 하던 날 우연히
나는 널 보았지
너는 날 보고 웃겠지

하지만 봄날은 간다
이제 봄날은 가겠지만

누구나 그렇듯 서로 돌아서면
쓴웃음만 짓는다.

민들레 홀씨

호수공원의 넓은 뜨락에서
유화를 멋있게 그리려다
캔버스 전체를 새파란 칠만 해놓고서는 잠깐
편의점을 다녀온다

그사이..
어디선가 너블너블 날려온 민들레 홀씨,
홀씨는 새파란 캔버스에
지천으로 내려앉았다

아무 곳에나 마구 내려앉는 민들레 홀씨,
캔버스를 '캠퍼스, 잔디 위로 알았나

그래, 푸른 잔디는 본디 너희의 세상인데
이런들 어떠리 저런들 어떠리
기왕에 내려앉았으니 뿌리나 얼른 내려라..

새파란 '캔버스, 잔디 위에 또다시 황금 물결
비록 그리다가 만 화폭에라도 노란꽃이
지천으로 피어나길 바라며..
편의점을 또 한 번 다녀온다.

[沈默]침묵의 뒤안길/1

沈默으로 살아온
벙어리의 한평생
망자가 되어 유언으로 말하네..

[沈默]침묵의 뒤안길/2

흘러온 세월..

희노애락,

망자는 말이 없다.

[沈默]침묵의 뒤안길/3

밤사이 안녕..

일상의 언어

망자는 말이 없다.

카드 키

비밀번호를 누르고 별짓을
다해도 안 풀리는 현관문
카드키 하나로 후딱 풀리네

장엄한 장막의 성벽처럼
굳게 잠긴 현관문
어지간해선 절대 풀지를 못해
갖은 씨름을 다 해본다

번호를 바꿔가며 눌러본 들
비밀번호를 그새 잊었나,

잠깐만 있어 봐 생각이 났어!

주머니 속 지갑을 뒤적이며
카드키 하나를 찾아냈다

슬그머니 꺼내어 터치를 했더니
아니나 다를까 스르르
칠옹성 같았던 현관문이
거짓말처럼 후딱 풀려버리네..

사랑의 [宴歌]연가

마주앉은 그대, 봉긋하게
솟아오른 가슴에
분홍빛 설렘은
홍조 띤 얼굴로 발그레 진다

두 사람 사이 오가는 눈빛
憐憫 연민인가 煩悶 번민인가 사랑인가?

마음이 그러하니
따르고 또 따르고

온몸으로 퍼져가는
분홍빛 홍조

밤이 깊어갈수록
憐憫 정서는 사랑으로 기우네..

비오는 날 수채화

슬픔의 봄비인가!
뜨락에 그려놓은 미인형 수채화가
무수히 비를 맞네,

빗물에 젖은 수채화
마스카라 흐르네..

[本分] 본분을 다한 꽃

꽃은 불어대는 바람에 못 이겨
떨어지는 게 아니다

초록 생명체도 생명의
[根本]근본이 있기에
때가 되면 자연히 지는 것이다

사월은 꽃 시샘 절정의 달
잔인한 달이기도 한데

그 때문에 억울하게 지는
꽃도 있지만,
대부분 꽃은 저마다의
[本分]본분을 다하고 [攝理]섭리를 따르는 것이다

[根據]근거는 없지만, 꽃은
대부분 봄의 시간에
아름다움에서 풍기는 향내를 발산하며
피고 지고 하는 것이다

[出現]출현

몽골 사막 드넓은 언덕
우람하지만
바짝 마른 몰골로 누워있는 통나무
어디선가 [未開]미개한
솔개 한 마리 출현,

독수리 눈처럼
독사 눈처럼 [魅惑]매혹한 눈으로
무언가를
뚫어지게 응시한다

솔개 눈에서 찌릿찌릿한
레이저가
발산하는 찰나

아스라이 먼 곳에 [模糊]모호한 모래바람이 인다
쥐새끼 같은
붉은 여우 한 마리 출현,

우리 초가집

나 어릴 적에 살던 시골집
초가지붕에 잡초도 무성
틀어진 문에 삐거덕 소리
문 열라치면 개 짖는 소리
밖에서 봐도 우리 초가집.

황토 흙에다 볏짚 섞어서
쓱쓱 차지게 벽을 바르고
메마른 짚단 지붕에 올려
새끼줄 꼬아 단단히 묶고
힘들여 지은 우리 초가집.

그때의 집은 크고 좋았고
지금은 그저 작은 우리 집
외로이 홀로 계셨던 엄마
편한 날 없이 일만 하셨지
보고 싶어요 우리 어머니.

저런 모습

바람 불고 비 내리면
그대가 아른거려
벚꽃 흩날리는
강변 길을 서성거린다

꽃눈이 내리는 날
꽃길 데크를 거니는 연인처럼
단 한 번이라도
한 번만
저런 모습 취해봤으면..

진달래 꽃동산

당신은) 따스한 사월의 봄날이 오며는
연분홍색 꽃가루 한 소쿠리 머리에 이고
나지막한 앞동산에 올라갑니다.

이고 간 자루 풀어 흔들어 대며
사월아 봄바람이 살랑살랑 불어라 하며
그 연분홍색 꽃가루를 마구 뿌려댑니다.

이 꽃 저 꽃 수많은 꽃가루 중에 왜, 하필
연분홍색 꽃가루냐요? 당신은) 말해 보래나!...

당신이) 그 꽃가루를 마구 뿌리는 이유는
사월에 봄비가 곧 오고 나면은 미리 뿌려놓은
고운 연분홍색 꽃가루는 산을 연분홍색으로
물들여 아름다운 진달래 꽃동산이 된다고 하네요!...

나의 생각도, 연분홍색이 너무나도 곱고
아름다워 보인다고 하니까!...

당신은) 꽃 중에 진달래꽃을 제일 좋아하는 사람은
아내를 많이 사랑하며 금실이 좋은 사람이라고 합니다.
당신) 본인도 금실이 좋아 아내를 끔찍이 사랑했다고 합
니다.

진달래꽃

눈 뜨면 보이는 꽃 연분홍 진달래꽃
누군가 그러데요 제눈에 안경이네
옳으신 말씀이네요 내 집 앞이 산인데..

같은 생각 같은 마음

화마가 쓸고 간 지난 나날
울고불고 [茫然]망연한 시간
꿈과 희망의 끈을 놓을 수 없어
재기의 발길이 분주한 일상

느닷, 들이친 장대비에 또
[自失]자실하고 만다
봄비치고는 너무 잔인해
한밤중에 일어난
꿈같지 않은 현실에 자꾸만 가위가 눌린다

안 그래도 뒤숭숭한 나라 안팎의 혼란,
다람쥐 쳇바퀴 돌듯한 사계절,
첫 번째 봄이라기엔 도통,
봄 같지가 않은 봄,

나름 꽃은 피고 있지만
제대로 된 꽃은 얼마나 피려나
봄철 꽃도 사람처럼
같은 생각 같은 마음일 텐데..

민들레 홀씨

뜨락에 지천으로 자라난 민들레,
노란 꽃 속에 홀씨가 되어
제각기 흐트러지고 낮은 길섶을 배회한다

때로는 바람을 타고 저 어디
먼 곳으로 날려 가기도 하지만

바람이 불면 부는 대로
대부분 떠돌아다니다가
윤슬 반짝이는 호수에 곤두박질치려 한다

소리 소문없이 사라진 꽃샘바람,
하지만, 먼 산에서 내려오는
기세등등 봄바람에
가만 앉자 있자니 마음이 그렇더라..

해법

가끔 시상이 떠오르지 않을 때가 있다
그럴땐
남들이 써놓은 시를
조용히 보기만 하면 된다

절대 서두르지 마라
좋게 잘 써진 글을 봤으면
흥분하지도 마라

사촌이 땅을 사면 배 아프지 아니한가
누가 잘되는 거 보면
눈꼴 시리지 아니한가

참고 있다가
도저히 못 참겠으면
쓰던 거 다시 둘러쓰면 되는 것이고
또,
그러다 보면
좋은 시상이 떠오르게
마련이지 않은가..

문득 생각해 본 해법이지만
이것도 좋은 시라 생각을 한다.

얄미운 꽃

꺾이면 꺾일수록
독이 오르는 꽃

화만 났다 하면
물불 안 가리는 암사자

예쁜 짓거리랑
여우짓만 골라서 하는 마누라

안 예뻐도 예쁘고
진짜로 미워도
미워할 수 없는 꽃

남한테는 항상 잘하는
정말 얄미운 꽃

빗방울

앞마당 빨랫줄에
널어놓은 옷
갑작스러운 소낙비에
후다닥 걷히고
달랑 몇 개만 남은 빨래집게
항상 집어대는
버릇이 있어
떨어지는 빗방울을 꽉 집었다
빨리 떨어져야 하는 빗방울
고민 고민하다 말고
몸집 크게 키우니
그제야 똑똑
잘도 잘도 떨어지네,

갈증

목마른 갈증에 그는
사달이 났다
기왕이면..

아담하고 예쁜 것이
마음에 든다

손으로 감싸며
에둘러 옷을 벗긴다

입술은 바짝바짝
타들어 간다
흥분된 미간은 꼭 늑대처럼 보인다

주체할 수 없는
희열을 맛본다, 아 아...

#5 행시

레/
레츠 고, 올 롸잇~

드/
드럼 소리가 천둥을 치듯 쿵쿵 울리고
재즈 기타 음률이 번개를 치듯
찢어지는 음률로 무대를 들었다 놨다 한다

제/
제 모습을 망각한 체 모두 열광하고 아우성친다

플/
플플 날리는 머릿결의 멤버들

린/
린다 리드 싱어는 특히 찰랑찰랑한 머리를
질끈 묶고 무대에 뛰어올라 락
음악에 노래를 열창한다

순백의 목련

개나리 담장 한가운데 뻘쭘하게
서있는 목련 나무

한적한 강가의 전원주택, 꽃만 피면
그림 같은 낙원이 될 터인데

노란 개나리는, 봄 소리에
화들짝 피었는데
목련은 도통 날갯짓이 없다

지난밤 꿈에 목련 나무에는
습지에서나 볼 수 있는
백학 무리가 떼지어 앉았다

거친 새벽비가 내렸다
아침에 일어나 보니
백학 무리는 눈 깜짝할 새 사라지고

땅바닥엔 처량한 순백의 목련이
빗물에, 철퍼덕 철퍼덕
눈 깜짝할 새 져버린 꽃, 나 못 봄..

詩評:

이 시는 목련의 고독한 모습과 그 주변의
생명력 넘치는 개나리를 대비시키며
봄의 정서를 담고 있습니다.

목련 나무가 꽃을 피우지 못하는 모습은
마치 고립된 존재처럼 느껴지고,
개나리의 화려한 개화는 그와 대조를 이루어
생명력과 활기를 상징합니다.

꿈속의 백학 무리와 그들의 순식간의 사라짐은
덧없음과 무상함을 암시하며,
자연의 아름다움이 쉽게 사라질 수 있음을
일깨워줍니다.

마지막에 처량하게 떨어진 목련은
시간의 흐름과 함께 사라지는 아름다움을
상징적으로 표현하고 있습니다.

이 시를 통해 삶의 덧없음과 자연의 변화를
깊이 있게 느낄 수 있습니다.

無數 무수한 벚꽃

봄비 내리는 날
무수한 말들이
빗방울에 섞여 내리네

봄비를 맞으며
피다가 멈춘, 벚꽃
무수한 말들을 온종일 귀담아들은 하루

비 갠 다음날
무수한 벚꽃이
흐드러지게 피고 지고..

도시 나무 그늘

꼿꼿하던 도시 나무는
세월이 흐르니
가지가 축 늘어집니다

불철주야 일만 하시던
도시의 아버지들
세월이 흐르니
어깨가 늘어지고
꼿꼿하던 허리가 많이 구부정합니다

무성하던 머리카락
희끗희끗해진 백발의 아버지들
정년이 되어감에 따라
희망, 퇴직으로
쉬실 때가 되셨나 봅니다

늘어진 도시 나무 그늘엔
언제부턴가
구부정한 어르신들이
눈에 많이 띕니다

10 행시

우/ 리 들의 우정을 위하여!

리/ 본 달고 국민학교 다니던 초교 친구들..

들/ 로 갈까 산으로 갈까 어디로 갈지
　　　의견이 분분했던 칠순 여행

의/ 외로 빠른 결정에 일은 순조로웠습니다

우/ 리는 육십 년 지기, 초교 동심 친구들..

정/ 이란 무엇인지 추억이 무엇인지?

을/ 미생, 정유생 사이에 끼어
　　　칠순을 맞이한 병신생 친구들..

위/ 대한 친구는 없어도 우리 기수 중에
      그나마 남녀 시인 두 명 나왔네,

하/ 여, 술 마시고 노래하며 쌓았던 우정에
      또 쌓은 우정,

여/ 하간 부러지지 않는 초심을 지키면서
      몽당연필 되면 깍지라도 다시 끼워
      멋있는 글도 쓰며 팔순 여행을 또 한 번
      생각해 보려 하네..

이름 모른 들꽃의 소망

참 억세게 살아왔다
밟히고 채이고 아주 더러운 맨바닥에서

각각으로 꽃피우고
들꽃, 반열에 섰다

이제 나의 소망은
언젠가 꺾여도 좋고 뽑혀도 좋다

누군가 나를 눈여겨 보았다가
햇볕에 말라 틀어질 즈음
스쳐가는 여운이 아스라이 멀어져갈 즈음..

아.. 그 꽃,
이름도 성도 모르는
그때 그들 꽃,

정말 예뻤는데 하고
단 한 번만이라도
기억해주면 여한이 없겠다.

오늘은 여기까지

잔인한 4월에 봄
이 꽃 저 꽃 서로 엉켜서 난리법석 떨어도
꽃은 그저 아름답기만 합니다

넓은 뜰에서 때로는
냇가에서 발도 담그고 놀다 막춤도 춥니다

벌과 나비도 어울려서
흐드러지게 놀아납니다

높은 언덕배기에
투명한 아지랑이 아른아른 춤을 춥니다

이곳저곳을 찾아다니며
다함께 어우러진 나들이

반가운 마음
콕 짚어 쟤한테 프러포즈해 볼까 다가서려니
오늘은 여기까지입니다

아.. 화창한 봄나들이..

火魔가 스쳐간 자리

火魔가 스쳐간 자리
花무십일홍,

풍비박산, 아닌
풍비박살이 난 이재민

昨今의 現實 속에
虛虛한 마음뿐이네..

#10 행시..

벚/ 벚꽃 이 만개한 사월..

꽃/ 꽃처럼 아름다운 여자 친구와

이/ 이어폰을 하나씩 나누어 귀에 꽂고서
　　　이슬이 살짝 내려앉은 산책길을 거니네

꽃/ 꽃 이슬에 젖어 음악에 젖어 길을 함께 걷는데

비/ 비비 꼬던 여친이 갑자기 비바체로 몸을 흔드네

되/ 되니까 몸을 꼬며 흔들어대겠지 했는데, 왠걸

어/ 어머나 세상에 완쥰 프로급 수준이잖아

내/ 내면에 잠재한 끼를 주체 못하는 여자친구

리/ 리싸이틀 하는 것처럼 멋드러지게 참 잘하네

네/ 네가, 그러니까 네가 어이가 없어 정신이 혼미한데
　　　여자친구라 울며 겨자먹기로 꾹 참아주네..

생활 마라톤,

화자가 뜀박질하는 동안 내내
찬바람은 도망을 친다

몸으로 바람을 가르고 완투 완투
모션을 잡고 뛰어가니
찬바람은 삼십육계 도망을 친다

찬바람이 도망치며 던진 말은
그래, 어디 두고 보자!
다시 불어올 터이니
봄바람 사이로 두고 보잔 말이 휙 들려온다

온기가 몸에 서서히 차오르고
봄바람 타고 풍기는
향긋한 꽃내음이 상쾌한 기분인데

앞뒤로 함께 뛰던 사람들은
불안한 기색에 뛰다 말다 반복한다

땀으로 흥건하게 젖은 화자는,

다시 보잔 말은 한쪽 귀로 흘리며
아랑곳없다는 듯
뜀박질에만 여념이 없다.

기력 없는 아저씨

들숨 날숨 힘차게 풀무질하다 보니
부풀어 오른 가슴 거친 숨 고르기
급기야 가슴을 움켜잡고 주저앉을 때가 있습니다

잘 오르던 계단도 힘에 부치기 일쑤고
고개를 젖히고 하늘을 바라보다
뜬금없는 눈물이 눈에 고일 때도 있어요

기분 좋은 아침 공원 길 산책 중에
체육시설의 턱걸이 봉을 한번
잡을라치면 손이 부들거려 꽉 잡지를 못합니다

이미 도래된 따스한 봄볕을 쬐다가
논두렁 길의 여린 새싹을 볼 겸
도랑을 건너려는데 두 다리가 후들거려
그만 쪼그려 앉고 말았습니다

체력적으로 너무 힘든 일상이지만 그래도
남들만큼은 못 따라가더라도 나름
봄꽃이 만발한 꽃향기 맞으면서
기력을 되찾기 위해 안간힘을 써봅니다.

어스름 퇴근길

가랑비 보슬보슬 내리는
어스름 퇴근길

비탈진 언덕에
포장마차 보이네

저녁밥 기다리는 배때지
아랑곳없이

술시라서 한잔 술로
목구멍이 포도청..

#6 행시..

목/ 목련이 필 때 목하 열애 중인 이 사람
련/ (연)거푸 나를 울리네
이/ 이렇게 못난 사람을 봤나
필/ 필요한 게 뭔지 도대체 순서를 모르는 사람
때/ 때를 써도 될까 말까한 판에
면/ 면책 특권을 결혼 전 누리려 하다니..

한밤에 음악 펀치

조용한 음악의 선율에
몸을 맡기며 침대에 쓰러진다

귀를 만져주는
포근한 음률이 잠을 절로 들게 하는 밤

노곤한 몸에
정신은 혼미해지는데
오래된 CD 잡음이 신경 쓰이지만
그래도 꿋꿋이 맛있는 잠을 청한다

하늘과 맞닿은
평온한 바다
기러기도 잠들어 고요한
정적만 흐르는데

아닌 밤중에 홍두깨 소리
찬바람이 인다,
빨리 끄고 자라곡,
한밤에 음악 펀치...

비

티비에 나오는 비 봐 봐
얼마나 멋있니..

내릴 듯 말 듯한 너를 보면
찔찔 싸는 아저씨의 그것 같아 보여!

아마 무슨 속사정도 있었겠지만
비야, 부디 힘 좀 내봐 봐

적어도 말이야 한시가 급한 마당에
너를 엄청나게 원해..

한 번만이라도 좀
속 시원하게 내려 줘봐 봐

그럼, 티비에 나오는 비처럼 정말
너의 팬이 꼭 되어줄 게..

火魔화마

만물이
소생하는 봄날
양지쪽 산자락에
예쁜 봄꽃이 피었습니다

따가운 햇볕의 등쌀에
옆으로 고개를 돌려봅니다

맞은편 산자락에서
붉은 공산당이 火魔 춤을 춥니다

예전에 평창군 진부면 산자락에서
공비에게 당한 일이 생각납니다
나는 공산당이 싫어요!

싱그러운 봄날,
빨갛게 타오르는 火魔는
도깨비불 같아 정말
싫어요.

[閣氏]각시의 [飛火]비화

산자락 비탈길 아래 처가댁에 잔치났네
연지곤지 노랑 화장 차려 입은 閣氏
사모관대하고 오시는 새신랑 맞이하던 날 밤
때아닌 飛火가 날아든다
생각지도 않던 도깨비불이
신혼 치르는 방 주위를 혼란하게 맴돈다
느닷없이 망나니 춤을 춘다
단꿈에 젖던 閣, 氏의 꿈,이런가
하지만 꿈속 현실의 飛火,

어쩌다 전철을 타면

마주 앉거나 멀대처럼 뻣뻣이 서서
눈을 마주치지 않기 위함인가
일면식도 없는 사람들..

올라타고 내릴 때까지 눌러쓴 모자
색이 짙은 선글라스, 내지는
휴대전화기를 보는 척 얼굴을 가린다

주마등처럼 지나는 차창 밖 풍광은
티브이를 켜면 날마다 보는 터라
대략 눈 익은 풍경은 굳이
전광판을 보지 않아도 어디쯤인가를
가늠할 수 있다

낯익은 사람 하나 없는 전철 안
안내방송 소리가 접속 불량인 듯 파르르 떤다

휴대전화기 삼매경에 빠진 사람
곁눈질로 무엇을 輕視경시하는 사람
강 건너 불구경하듯 한 사람

창밖의 먼 산만 멀뚱멀뚱 바라보는 사람

서로 민망하기만 한 짧은 시간에
돈 한 푼 안 드는 눈웃음이라도
슬쩍 한번 던지면 오죽이나 좋을까마는..

머저리

엄마를 많이 닮은 나는
너무 조신해서 탈이고

아빠를 닮은 남동생은
너무 털털해서 탈이다

사사로운 감정으로 다투다가
항상 탈탈 털리는 나,...

레드 와인

소파에 앉아
레드,

와인을 마시며
명상에 젖다 보면
얼굴에 비친 선홍빛

스르르
눈이 감긴다.

봄날에 떠난 그리움

나, 그대를 두고 떠나던 봄날..
달빛 드리운
창밖을 바라보며
외로운 밤
홀로 지새우셨죠,

무더운 여름,
해변에서 비키니 입고
낙엽이 물든 가을에
데이트하며
흰눈 내린 설원에
여행을 가고
봄은 다시 오고 꽃내음 메아리치니
그대가 또,
그리워집니다

그대는 이미 떠나셨겠죠,
달빛 드리운 창밖을
뒤로 하고
나, 그대 두고 떠난 그 봄날처럼..

묵언의 시간

늦은 밤 비의 서곡 울림에

뭔가 울적한 지난 일 생각

홀로 샌 자리 묵언의 시간

술과 빗소리 마음 적시며

뜬눈 지새니 아침이더라.

마음의 생각 로댕 석고상

묵언의 시간 흘러갔어도

수많은 이들 로망의 대상

깊은 생각을 그렸다 지움

나도 그렸다 지워 봤으면.

부부

중매로 선을 본 날
사주가 찰떡 궁합

잘생긴 미남형에
여자는 조신한 척

얼씨구 좋아 결혼을..
살아보니 그러네,

까맣게 잊었나

까만 아스팔트 길
좌우로 쌩쌩 달리는 수많은 車는 무슨
생각을 하며 달릴까?

길을 걸으며 많은 생각을
하는 사람처럼
車도 많은 생각을 할 텐데,

방금 생각난 것을
까맣게 잊었나
春分을 모를 리 없을 텐데,

잠깐의 멈춤도 없이 쌩쌩
달리기만 급급한 자동차,.

봄 꽃

마른자리
진자리
마다 않는 봄꽃,

마음속 깊이
피어난
엄마 같은 봄꽃,

천진난만한
아이처럼
예쁘게 피어난 봄꽃.

[雪中梅]설중매

느닷없이
내린 눈,
[잃]얼어버린 춘삼월

[流血]유혈이
[狼藉]낭자했던
그날처럼,
[春雪]춘설에 숨죽이다

찬란하게,
보란 듯,
[復活]부활한 꽃,
[雪中梅]설중매,..

봄 오는 길목/1

봄 오는 길목에 길게 늘어선
겨울나무들
봄바람 불어 스칠 때

빛에 바랜 나뭇가지
마디 마디가 삭정이 되어
봄바람에 툭툭
힘없이 꺾여 떨어진다

삶의 굴레서 허덕이다가
생기 없는 몰골로
메말라버린 겨울나무..

나 역시 그해 겨울은
유난히도 삭신이 아픈 해였다.

맨날 술이야

하루가 멀다, 않고
맨날 술이야..

이 핑계 저 핑계
주구장천 맨날 술이야..

바램

채 며칠 남지 않은 한해 끝자락 즈음에
다양한 가면假面으로 가려진 얼굴,
내면內面에 잠재潛在한 진솔眞率한
자작은 솔직히 볼 수 없었지만
계시 창에 지속해 올라온 여럿의 글을
내 방식대로 상상했던 모습을 그려놓고
오롯이 좋은 마음으로만 이해하며
소통疏通을 감내堪耐해 왔던 나날들
어느덧 해가 바뀔 즈음에 다 달았습니다
이미 지나버린 소소한 시간은 마음속
어느 한켠에 덤덤히 잘 묻어두었는데
새로운 행복을 또 갈망渴望하는 마음은 설레기만 합니다
아무쪼록 기분 좋은 끝 갈무리하시고
다가오는 새해는 변함없는 글동무로
더 발전하는 기회를 또 만드는 바람으로..

詩評:

김종부 시인의 "바램"은 시간의 흐름과 내면의 진실, 그리고 소통의 중요성을 잘 담고 있네요.

12월이 끝나가는 시점에서 지나간 행복과 앞으로의 희망을 동시에 이야기하고 있어 감동적입니다.

특히 "변함없는 글동무로"라는 표현에서 인간관계의 소중함과 지속적인 발전에 대한 바람이 느껴집니다.

새해를 맞아 더 나은 기회를 만들어가자는 메시지가 인상적이에요.

詩評:

근성根性과 심心보

김설說이지만 근성根性과 심心보는
부모로부터 타고나더라칸다

영아嬰兒 머리가 새까맣고 숱이 많으면
그놈 참 성깔있게도 생겼네
근성과 심보가 있다는 얘기죠..

반대로 숱이 별로 없다 싶으면
예는 참 온순하게 생겼네! 라는
심보가 착하게 생겼다는 생애 첫 우스개 소릴 듣는다

모름지기 타고난 근성과 심보는
평생의 그림자이고 그 뿌리의 심心을
다듬어야 하는 마음가짐은
소위所謂 말하면 사숙私淑이다

그럼에도 못된 근성과 심보를
깨우치지 못한다면
떡잎 보기 전, 싹수를 싹둑 싹둑 해야겠지..

詩評:

김종부 시인의 "타고난 근성과 심보"는 인간의 성격이 어떻게 형성되는지를 탐구하는 시로 보입니다.

시인은, 부모의 영향을 강조하며, 외모와 성격의 연결을 유머러스하게 표현하고 있습니다.

특히 "영아 머리가 새까맣고 숱이 많으면"과
같은 표현은 사람의 성격을 외적인 모습으로 비유하여,
타고난 성격이 삶에 미치는 영향을 나타냅니다.

또한, "타고난 근성과 심보는 평생의 그림자"라는 구절은
개인의 성격이 얼마나 깊이 뿌리내릴 수 있는지를 잘 보여줍니다.

"떡잎 보기 전, 싹수를 싹둑 싹둑 해야겠지"라는
마지막 구절은 부정적인 성격을 조기에 교정해야 한다는
강한 메시지를 담고 있습니다.

이 시를 통해 우리는 성격의 형성과 변화에 대해 다시
한번 생각해 볼 수 있게 됩니다.

복불복 왕 놀이

1박 2일 복불복처럼
잘난 놈 못난 놈
못된 놈 착한 놈

근성은 각기 다르게
타고난다나비어!

열길 물속 알아도
사람 속마음 모르듯

개천에서 용났다
부추기더니
시궁창 버릇으로 해를 또 넘긴다

엄청난 거물이라
지구촌이 다 놀란다.

김종부의 "복불복 왕 놀이"는 인간의 다양한 성격과
운명의 불확실성을 이야기하는 시입니다.

시의 구조와 내용에서 각기 다른 사람들의 성격을 비교
하며, 그들이 처한 환경이 어떻게 그들의 행동과 운명에
영향을 미치는지를 보여주고 있습니다.

특히 "열길 물속 알아도 사람 속마음 모르듯"이라는 구절
은 인간의 복잡한 심리를 잘 표현하고 있네요.

또한, '개천에서 용났다'는 성공의 가능성을 암시하면서
도, '시궁창 버릇'이라는 표현으로 환경이 개인에게 미치
는 영향을 강조합니다.

이 시를 통해 우리는 인간 존재의 다양성과 그 속에서의
복잡한 관계를 다시 한번 생각해 볼 수 있습니다.

아무도 몰라

눈만 뜨면 보게 되는 높은 하늘이
오늘따라 낮게만 보여 이상한 날,

보면 볼수록 흥미진진한 뜬구름을
싫증 난 듯 손으로 쓱 문질러 놓고
애꿎은 하늘만 유심히 바라보는데
장난처럼 흰 눈 개비 마구 내리네

아니, 싸라기로 바뀌어 우두둑 내리네
하늘도 모른 속사정 하나님은 알까?..

詩評:

김종부의 "아무도 몰라"는 독특한 시각적 이미지와
감정이 잘 드러나는 작품입니다.

시의 첫 부분에서 높은 하늘이 낮게 느껴지는 장면은 일
상적인 풍경에 대한 새로운 인식을 제시합니다.

이는 독자에게 특별한 감정을 불러일으키며, 하늘을 바라보는 주체의 심리적 상태를 암시합니다.

이어지는 구름과 눈의 묘사는 자연과의 상호작용을 통해 감정을 표현합니다.

구름을 문지르는 행위는 일종의 불만이나 염원을 나타내는 것처럼 보이며, 하늘을 바라보는 주인공의 시선은 더욱 깊은 사유를 유도합니다.

마지막 부분에서 하늘과 하나님에 대한 질문은 존재론적 사유를 이끌어내며, 독자로 하여금 삶의 의미에 대해 고민하게 만듭니다.

전반적으로 이 시는 단순한 자연 묘사를 넘어서, 인간의 내면과 우주에 대한 질문을 던지는 깊이 있는 작품입니다.

감정과 사유가 잘 결합되어 있어, 독자에게 여운을 남기는 매력적인 시라고 평가할 수 있습니다.

계절은 세기의 걸작품

갈색 낙엽이 눈처럼 내려
낭만과 우수에
젖었던 어제는
전형적 늦가을이었고

하얀 눈 펄펄 내리고
수북하게 쌓인 오늘은
성탄절이 다가오는
엄동설한의 추운 겨울이었다

추풍낙엽 엄동설한,

이렇게 화려한 두 계절을
화폭에 고이 담으면
형용할 수 없는
세기의 걸작품이 되겠지..

詩評:

김종부의 시 "계절은 세기의 걸작품"은 계절의 변화와
그에 따른 감정을 아름답게 표현하고 있습니다.

시는 갈색 낙엽이 떨어지는 늦가을의 정취와
하얀 눈이 내리는 겨울의 차가운 아름다움을 대조적으로
묘사하며, 두 계절이 함께 어우러져 세기의 걸작품이
될 것이라는 메시지를 전달합니다.

이 시는 자연의 변화가 주는 감동과 그 속에서 느끼는
인간의 감정을 잘 포착하고 있으며, 계절의 아름다움과
그로 인해 느끼는 감정의 깊이를 강조하고 있습니다.

시의 마지막 부분에서는 이러한 두 계절을 화폭에 담아
내면 형용할 수 없는 걸작이 될 것이라는 희망적인 시각
을 제시하고 있습니다.

이 시를 통해 독자는 자연의 변화를 통해 느끼는 감정의
복잡함과 그 아름다움을 다시금 생각해볼 수 있습니다.

殘雪잔설 속의 국화꽃

예쁘게 핀 한 송이 국화꽃
처음 맞아보는
흰눈이 신기한 듯
눈감고 고즈넉이 즈려 맞는다

얼마나 흘렀을까
따스한 햇볕에 녹아 흐르는
殘雪잔설 속의 모습
그때 그 국화꽃 한 송이..

고즈넉이 눈을 맞던
아름답던 그 모습 새까맣게 잊고 있었다
皮骨피골이 相接상접해진 몰골,
대체 누구니 넌?

정말 세상을 뭣, 모르게 흰눈에
크림 발림 한 국화꽃
줄기까지 몽땅 다 시들어 버렸다.

詩評:

이 시는 김종부 시인의 "잔설 속의 국화꽃"으로,
겨울의 차가운 날씨 속에서도 피어난
국화꽃의 아름다움과 그에 대한 애틋한 감정을 담고 있
습니다.

시인은 국화꽃이 처음 맞는 흰눈에 신기해하며
고요하게 눈을 맞는 모습을 묘사하고,
시간이 흐르면서 따뜻한 햇볕에 녹아내리는
잔설 속에서 국화꽃이 드러나는 장면을 그립니다

그러나 시의 후반부에서는 국화꽃이
세상의 무정함을 겪으며 시들어가는 모습을 통해,
아름다움이 사라지고 고독한 현실을 반영하고
있습니다.

"고즈넉했던 국화꽃"이 "크림 발림한 흰눈" 속에서 시들어
가는 모습은 자연의 잔혹함과 함께,
삶의 덧없음을 상징적으로 표현하고 있습니다.

이 시는 겨울의 정취와 함께 삶의 무상함을 깊이 있게
전달하고 있으며, 독자에게 감정적인 여운을 남깁니다.

추억의 보따리

하루하루가 쌓여 한 달이 되면
한 보따리 싸놓고
열두 보따리가 되면
그 보따리 속에 쌓인 하루하루가
삼백 육십 오일이다

순서대로 한 보따리씩
풀어헤치다 보면
마구 구겨 싸놓았던 수많은 사연이

아무런 미동도 없이
구깃구깃한 채
하나씩 그대로 들추어진다

다사다난했던 한 해를
마무리하는 시간 초읽기가 시작된 마지막 달

버릴 건 버리고
쓸만한 사연일랑은 반듯하게 펴서
추억의 노트를 만들어 놓고
마음 한쪽 깊숙이 간직하련다.

"추억의 보따리"는 김종부의 작품으로, 시간의 흐름과 추억을 되새기는 내용을 담고 있습니다.

시는 하루하루의 경험이 쌓여 한 달이 되고, 결국
열두 달이 지나면서 쌓인 추억을 보따리에 비유하여 표현하고 있습니다.

시의 첫 부분에서 "하루 하루가 쌓여 한 달이 되면
한 보따리 싸놓고"라는 구절은 일상적인 시간의 흐름을
나타내며, 각 날의 소중한 기억들이 모여 하나의
보따리가 된다는 의미를 지닙니다.

"삼백육십오 일"이라는 표현은 한 해의 모든 날들을 아우르며, 그 속에 담긴 다양한 사연들을 암시합니다.

"순서대로 한 보따리씩 풀어 헤치다 보면"이라는 구절은
과거의 기억을 되짚어보는 과정을 나타내며,
"마구 구겨 싸놓았던 수많은 사연"이 드러나는 순간을 묘사합니다.

이는 시간이 지나면서 잊혀졌던 기억들이 다시 떠오르는

과정을 상징적으로 보여줍니다.

마지막 부분에서는 "버릴 건 버리고 쓸만한 사연일랑은 반
듯하게 펴서"라는 구절을 통해, 한 해를 마무리하며 소중
한 기억들을 정리하고 간직하겠다는 다짐을 표현합니다.

이는 새로운 시작을 위한 준비이기도 하며, 추억을
소중히 여기는 마음을 드러냅니다.

이 시는 시간의 흐름 속에서 추억을 되새기고, 그 속에서
의미를 찾으려는 인간의 본성을 잘 나타내고 있습니다.

적색 신호등

흰 눈이 내린 날, 더 북한
흰 눈썹에 쌍불을 켠 적색 신호등

채녹지 않아 미끄러운
아스팔트 길 위에서 떡하니 내려다보며

자기를 무시한 차들을
지키고 서있다

춥고 미끄러운 날씨엔
좀 쉬어도 될 법한데

의무적인 공무라서
절대로 그럴 순 없다고 한다.

詩評:

김종부의 디카시 "적색 신호등"은 겨울의
차가운 날씨 속에서 신호 의무를 다하는 존재에 대한
묘사를 담고 있습니다.

시의 주인공은 눈이 내린 날, 미끄러운 아스팔트 위에서
자신을 무시하는 차들을 지키고 서 있는 모습으로,
그 상황의 고독함과 의무감이 잘 드러납니다.

이 시는 겨울의 차가운 풍경과 함께, 그 속에서 느끼는
감정과 의무의 무게를 동시에 전달하고 있습니다.

"좀 쉬어도 될법한데"라는 구절은 그러한 의무가 얼마나
힘든지를 암시하며, 독자에게 깊은 여운을 남깁니다.

김종부 시인의 작품은 일상적인 상황 속에서 인간의 감
정을 섬세하게 포착하는 특징이 있습니다. 이 시도 그러
한 특성을 잘 보여주고 있습니다.

품바, 각설이처럼

장터에서 아내와 모처럼 품바 각설이 공연을 보았다
애환이 담긴 일용이의 각설이를 품바는 열창한다
배꼽을 쥐고 웃퍼 죽이는 익살스런 유머와 입담도 잘한다
예측 없는 ad-lib으로 구경꾼을 들었다 놨다 한다
눈짓 따로 몸짓도 따로 Y-zone,을 거덜나게 흔들어댄다

주로 어르신의 방댕이에 집중적으로 들이댄다
특히 눈빛의 사선은 구경꾼 주머니를 노린다
단돈 일 만원을 빼내기 위해 별짓을 다한다
안 꺼낼 수 없는 게 속지갑에 Money다
어쨌든 흥이 절로 따라 오른다
꾹꾹 참던 아내는 어지간 해선 안 부르던 노래를 다한다
급기야는 무대 앞으로 뛰어 나간다
오랜만에 품바처럼 신나 까불고 놀기 위해서, 날 보란
듯..

話者도 품바 각설이처럼 쓴, 노랫말 시조

인생사...

평생을 한결같이 살아온 가정사에
이런 일 저런 일이 있었지 않았겠냐

인생사 다 그렇듯 먹구름 흐르다가
지친 삶 헤어나니 무지개 떠오르네

고생한 보람 찾으니
주름살이 펴지네..

행복해서 참 좋고 살맛 나서 참 좋고
방방곡곡 어디든 여행하니 즐겁네

눈에는 미소 짓는 얼굴은 함박웃음
일상을 하루같이 하하하 웃고 사네

인생사가 다 그렇듯
덧이 없는 세월아..

詩評:

김종부의 이 시는 일상 속에서의 소소한 행복과
인생의 여정을 담고 있습니다.

첫 번째 부분에서는 아내와 함께 장터에서
품바 각설이 공연을 관람하는 장면이 그려지며,
공연의 유머와 흥겨움이 잘 전달됩니다.

품바의 노래와 유머는 관객을 즐겁게 하고,
아내가 무대에 나가 신나게 놀며 즐기는 모습은
일상의 스트레스를 잊고 행복을 만끽하는 순간을 보여줍
니다.

두 번째 부분에서는 인생의 다양한 경험과 그
속에서 느끼는 감정이 표현됩니다.

"인생사 다 그렇듯 먹구름 흐르다가"라는 구절은
인생의 어려움과 고난을 상징하며,
그 후에 찾아오는 행복과 희망을 "무지개"에
비유하고 있습니다.

고생한 보람을 찾고 행복을 느끼는 모습은 많은

이들이 공감할 수 있는 내용입니다.

마지막, "행복해서 참 좋고 살맛 나서 참 좋고"라는 반복
적인 표현은 일상에서 느끼는 기쁨과
즐거움을 강조하며,
삶의 소중함을 다시 한번 일깨워 줍니다.

이 시는 일상 속에서의 작은 행복과 인생의 의미를 되새
기게 하는 따뜻한 메시지를 담고 있습니다.

눈 내린 아침의 밥상머리

흰눈이 내린 아침 엄마의 밥상머리
처마 끝 개 밥그릇 흰 쌀밥 수북하네
밥보다는 눈, 마음은 콩밭으로 가있네..

둥그런 밥상머리 밑반찬을 올려놓고
흰색의 상까리에 떨구지 말라시네
다 함께 먹는 아침밥 눈꽃 속에 앉았네..

詩評:

"눈 내린 아침의 밥상머리"는 김종부의 작품으로,
눈이 내린 아침의 정경과 그 속에서 느끼는 따뜻한
감정과 소소한 행복을 담고 있습니다.

첫 연에서는 엄마의 밥상머리와 개밥그릇의 모습이
그려지며, 눈이 주는 감각적인 이미지가 강조됩니다.

'밥보다는 눈, 마음은 콩밭으로 가있네'라는 구절은

눈의 아름다움에 마음이 끌리는 모습을 나타내며, 일상적인 아침의 풍경 속에서도 자연의 아름다움을 느끼고 있음을 보여줍니다.

두 번째 연에서는 '힌색의 상까리에, 떨구지 말라시네,는 눈내린 아침의 정경에 음식을 먹다 흘리지 말라는 것을 비유한 것으로 해석되며, 함께 나누는 아침밥의 의미가 강조됩니다.

'다함께 먹는 아침밥 눈꽃 속에 앉았네'라는 구절은 공동체의 따뜻함과 함께하는 즐거움을 잘 표현하고 있습니다.

이 시는 겨울 아침의 정취와 가족, 공동체의 소중함을 느끼게 해주는 아름다운 작품입니다.

늦가을의 흔적/1

한 계절 화려함에
화자는 행복했다
떠나는 뒷모습이
쓸쓸해 보이누나
정들자 이별하려니
배웅하기 어렵네..

늦가을 잔재들은 지천으로 나뒹굴고
너저분한 모습들 한순간 어디메뇨

쓸어 담으며 치우고
남은 흔적
지우기..

詩評:

"늦가을의 흔적"은 김종부 시인의 시조로, 가을의 끝자락
에서 느끼는 감정과 이별의 아쉬움을 담고 있습니다.

이 시는 계절의 변화와 그에 따른 감정의 변화를 통해 인간의 삶과 자연의 순환을 연결짓고 있습니다.
시의 첫 부분에서는 화자가 가을의 화려함 속에서 행복을 느끼고 있음을 표현합니다.
　그러나 그 행복이 떠나는 계절과 함께 사라짐을 느끼며, 이별의 아쉬움이 커져가는 모습을 보여줍니다.
"떠나는 뒷모습이 넘쓸해 지는구나"라는 구절은 이별의 감정을 강하게 드러내며, 정이 들었던 계절과의 작별이 얼마나 힘든지를 잘 나타냅니다.
이어지는 부분에서는 늦가을의 잔재들이 지천에 나뒹굴고 있는 모습이 그려지며, 그 너저분한 모습이 한순간 어디로 사라졌는지를 묻습니다.
　이는 시간의 흐름과 함께 사라지는 것들에 대한 아쉬움과 그 흔적을 지우려는 노력으로 해석될 수 있습니다.
"쓸어 담으며 치우고 남은 흔적 지우기"라는 구절은 과거의 기억을 정리하고자 하는 마음을 나타내며, 이별의 아픔을 극복하려는 의지를 엿볼 수 있습니다.
이 시는 계절의 변화와 그에 따른 감정의 흐름을 통해 인간의 삶에서의 이별과 그리움을 깊이 있게 표현하고 있습니다.

늦가을의 흔적/2

떠나는 늦가을에
첫눈이 내렸구나
하예진 뒷모습이
넘쓸해 보이누나
정들자 이별하려니
배웅하기 어렵네..

늦가을 잔재들은 하얀 눈에 덮여있고

너저분한 모습들 한순간 어디메뇨

하얀 눈밭에 엎드려 사진 찍기 바쁘네..

詩評:

"늦가을의 흔적"은 김종부의 작품으로,
늦가을의 정취와 이별의 감정을 담고 있습니다.

시는 첫눈이 내리는 장면을 통해 계절의 변화와 함께 느끼는 감정의 복잡함을 표현하고 있습니다.

하얀 눈에 덮인 늦가을의 잔재들은 이별의 아쉬움과
새로운 시작을 암시하는 듯합니다.

이 시는 자연의 변화와 개인의 감정을 연결짓는
아름다운 묘사가 돋보이며,

특히 '하얀 눈밭에 엎드려 사진 찍기 바쁘네'라는 구절은
순간을 기록하고자 하는 인간의 본능을 잘 나타내고 있
습니다.

낚詩

초판 발행 2025년 7월 20일
지은이 김종부
펴낸이 김복환
펴낸곳 도서출판 지식나무
등록번호 제301-2014-078호
주소 서울시 중구 수표로12길 24
전화 02-2264-2305(010-6732-6006)
팩스 02-2267-2833
이메일 booksesang@hanmail.net

ISBN 979-11-87170-98-3(03810)
값 10,000원